하루 한 번 찬물에 두 손을 씻고 시를 베껴 씁니다.

———————

2017년 12월 20일 제1판 1쇄 발행

지은이_조재도 펴낸이_강봉구 펴낸곳_비단길(제406-2013-000081호)
주소_10880 경기도 파주시 신촌로 21-30(신촌동) 전화_070-4067-8560
팩스_0505-499-8560 홈페이지_http://blog.naver.com/bidan-gil
이메일_bidangil@naver.com
비단길은 작은숲출판사 종교 · 필사 브랜드입니다.

ISBN 979-11-6035-033-3 13810
값은 뒤표지에 있습니다.

캘｜리｜필｜사｜시｜선 0 2

조 재 도 필 사 시 선 집

아름다운 사람

비단길

제2부

제4부

제 1 부

아름다운 사람

공기 같은 사람이 있다.
편안히 숨 쉴 땐 있음을 알지 못하다가
숨 막혀 질식할 때 절실한 사람이 있다

나무그늘 같은 사람이 있다.
그 그늘 아래 쉬고 있을 땐 모르다가
그가 떠난 후
그늘의 서늘함을 느끼게 하는 이가 있다

이런 이는 얼마 되지 않는다.
매일같이 만나고 부딪는 게 사람이지만
위안을 주고 편안함을 주는
아름다운 사람은 몇 안 된다

세상은 이들에 의해 맑아진다
메마른 민둥산이
돌 틈을 흐르는 물에 의해 윤택해지듯

1

2

3

4

5

6

7

8

9

10

11

12

13

14

잿빛 수평선이
띠처럼 걸린 노을에 아름다워지듯

이들이 세상을 사랑하기에
사람들은 세상을 덜 무서워한다

1 ____

2 ____

3 ____

4 ____

5 ____

좋은 날에 우는 사람

슬픔의 안쪽을 걸어온 사람은
좋은 날에도 운다
환갑이나 진갑
아들 딸 장가들고 시집가는 날
동네 사람 불러
차일 치고 니나노 잔치 상을 벌일 때
뒤꼍 감나무 밑에서
장광 옆에서
씀벅씀벅 젖은 눈 깜작거리며 운다
오줌방울처럼 찔끔찔끔 운다
이 좋은 날 울긴 왜 울어
어여 눈물 닦고 나가 노래 한 마디 혀, 해도
못난 얼굴 싸구려 화장 지우며
운다, 울음도 변변찮은 울음
채송화처럼 납작한 울음

반은 웃고 반은 우는 듯한 울음
한평생 모질음에 부대끼며 살아온
삭히고 또 삭혀도 가슴 응어리로 남은 세월
누님이 그랬고
외숙모가 그랬고
이 땅의 많은 어머니들이 그러했을,
그러면서 오늘
훌쩍거리며
소주에 국밥 한 상 잘 차려내고
즐겁고 기꺼운 하루를 보내는 것이다

꽃자리

뒤울안
감나무 앵두나무 라일락 나무
아침부터 어머니
풀을 매신다

뭘 거기까지 매고 그러세요, 하자
조금 있으면 꽃 떨어질 텐디
꽃자리 봐 주면 좋지 않간

아, 꽃자리
꽃 질 자리
꽃을 피우는 건 나무의 마음이지만
꽃 질 자리 봐 주는 건
사람의 마음

어머니 손길이 다녀간 자리
환한 그늘에 소보록히 떨어질
감꽃 본다
앵두꽃 본다

어머니의 부엌

대낮에도 어머니의 부엌은 어두컴컴하다
바람벽이 질그릇 빛 그늘을 깊이 거느렸다
모든 방과 마루로 통해 있으면서도
고개를 외오 돌린 사람처럼 약간은 외지고 쓸쓸한 그곳

아침 햇살 꽃무늬 박힌 문창호에 서려
한 송이 국화꽃으로 피어날 때
달고 습습한 밥 짓는 고신내가 문틈을 헤집고 올라도 오던 곳

솥뚜껑 여닫는 쏼그랑 소리, 똑똑똑 마늘 다지는 분주한 소리
검댕 낀 천장 허리 구부슴히 구부리고
먹이고 거두느라 노역의 나날 끊일 새 없던
그곳에서 나는 여러 번 보았다

뜨물 빛 솔가지 연기 가슴 앞섶에 스미면
이지러진 마음
눈 깜작이며 지우던 눈가의 물기를
수심의 빛 알싸히 눈썹 끝에 서려

재처럼 가라앉던 긴긴 한숨을

귀 떨어진 그릇과 종구락과 김칫독이 놓여도 있던 곳
찬장 밑 새앙쥐가 입가심할 무 조각 물어도 가던 곳
굴품한 속에 일 없이 괜시리 드나도 들던
한나절 밥 때 되어 밥 먹으란 소리에
앉을개 놓고 둥그스름히 모여 앉아 점심밥 먹던

그곳, 감자도 고구마도
어쩌면 우리 육남매까지도
알맞게 구워낸 태반胎盤과도 같은

무늬

비 갠 후
웅덩이 가생이에 낀
노오란 띠
송홧가루의 띠
바람 불면 잔주름 지는
사월 무늬

여름

그 집에서 여름은 혼자 살았다
여름이
하늘로부터 비를 데려와
흙 담 옆구리를 무너뜨렸다
그 구멍 틈새로
새앙쥐가 까만 눈을 내밀다 사라졌다
여름은
뭉게구름처럼 부풀어 올라
그 집 헛간 구석 던져 놓은 폐목에
헝겊 쪼가리 같은 버섯을 키우고
마루턱까지 차오르게 명아주를 키웠다
빈집을 짜개 놓는
매미소리
녹음을 가득 안은 여름이
그 집을 온통 휘저어 풀물 들여 놓았다

1

2

3

4

5

6

7

8

9

10

11

12

13

14

15

16

그냥 두면
한 백년 꾸벅꾸벅 줄기만 할 것 같은 그 집
능소화 마구 뻗어 오른 대문간
오줌 누는 나에게
한 세월 거저먹으려는 건달 같은 여름이
내년에도 다시 와 공으로 산다 한다

1 ____

2 ____

3 ____

4 ____

5 ____

6 ____

화창한 날

파아란 하늘 속 흰 구름 희끗희끗 묻어 있는 날
멀리 논두렁
일하는 사람 하나 둘 나와 있는 날
아스팔트 길 질주하던 코뿔소 한 마리
모내기 한 논에 처박혀 있다
무릎 꿇고 코 박은 채 엎어져 있다
주인이 잠시 조는 사이
날아가는 나비에 한눈파는 사이
에라 모르겠다 뛰어들었을까
질주의 정글에서 벗어나
싯푸른 모와 몰랑몰랑한 흙에 입 맞추고 싶었을까

쉬고 있다

사고 후 고요함에 햇살만 눈부시다
집 나와 떠도는 산들바람이
쉬는 김에 아주 그냥 푹 쉬라고
건듯거리고 있다

11월의 단풍나무

누가
비 젖은
단풍나무에
불을 질러 놓았나
화르르 타오르는 푸른 창공의 돛
저 붉은 돛배에 실린
나의 외로움도 붉다

외로움이 저렇게 선명할 줄 몰랐다

떨어진 나뭇잎 물 속 깊이 가라앉아
차차로 겨울로 겨울로 가는 나날에
제 몸을 증거하여
가을이 찍어놓은
최후의 인장印章

〉   〈

그러고 보니 나도
단풍나무도
서리 묻은 언덕
붉은 도장 하나 꾹 찍어놓은 가을도
외로웁단 말이지

외로워 마지막 피 한 방울까지
저렇듯 선연히 진저리친단 말이지

그러다 어느 한 지점
짐승도 사람의 손도
닿지 않을
중립의 평화지대
그 어름에서
벌들은 나무에 오른다

수직

놓아기른 닭들은 영물인가

여름엔 제법 들로 산으로 쏘다니던 것들이
겨울이 되자 인가 쪽으로 내려온다
먹이 찾아 내려오는 산짐승 피해
마을로 마을로 가능한 가깝게 내려오는 것인데
그러다 어느 한 지점
짐승도 사람 손도 닿지 않을
중립의 평화지대 그 어름에서
닭들은 나무에 오른다, 저녁이면 횃대에 오르듯
퇴화된 날개 원망하는 법 없이
비정규직 노동자처럼
불법체류자처럼
파다다다닥
푸덕 푸더더더덕
죽을 동 살 동 사력을 다해 발버둥 치며

1

2

3

4

5

6

7

8

9

10

11

12

13

14

15

16

17

날아오른다, 이 가지에서 다음 가지로
모가지 쭉 빼 오를 방향 가늠한 후
눈알 두릿두릿 고개 갸웃갸웃
쭈뼛거리다 어느 순간 둔중한 몸 날려
기어오르는 것이다, 위로
더 위로, 수직의 벼랑 기어올라
목숨의 안전 도모하는 것이다

오늘도 나무에 오른 닭들이 솟대 끝에 앉은 새처럼 수직의 끝에서
저녁 내 쏟아지는 눈발 다 맞고 있다

1 ____

2 ____

3 ____

4 ____

5 ____

6 ____

7 ____

8 ____

9 ____

10 ____

유물론

죽은 어머니를 고추밭에 묻었다
한 길 땅 속 허공에 반듯이 누워
분해되어 가는 어머니
푸른 햇살 되퉁기는 풋고추에 몸을 실어
올여름 우리에게 싱싱하게 오신다
생명은 이렇게 한 치 건너 두 치
보이지 않는 길 따라
목숨을 싸고 돈다
고추에 된장 듬뿍 찍어
와삭, 어머니를 먹는다
어머니 살을 먹는다
어머니를 움켜쥐고 있는 흙의 손을 먹는다
얼얼하구나, 오냐, 살 수 있겠다

높이뛰기 선수들

산그늘도 초록인 5월 어느 날

쥐똥나무 덤불에 참새 떼 몰리는 어느 어느 날

하늘에 계신 하느님

얘들아 우리 높이뛰기 하자

벼룩이 뛰었다, 자기 키의 8천 배 (와 ―)

개구리가 뛰었다, 폴짝

까치가 뛰었다, 날개를 건듯
(날개를 펴면 반칙이었다)

이신바예바가 뛰었다

강아지가 뛰었다

강아지가 뛰자 소가 뛰었고

드디어 바위가 제자리에서 끙 몸을 일으켜

풀썩 뛰어 올랐다

모두가 높이뛰기 선수인 봄날이었다

땅에 엎드려 울던 사람들
오래된 가난은 따스하고 정겹다
마음껏 퍼 올려도 언제나 공짜다

밥 한 끼

몇 숟가락 남지 않은 육개장 그릇 속
밥알 남김없이 건져 먹는다
국물마저 홀짝 다 마신다

추수 끝난 빈 들 벼이삭 줍던
어머니 생각난다
세수하고 발 씻은 물 화단에 부어주던
아버지 생각난다

땅에 엎드려 울던 사람들
오래된 가난은 따스하고 정겹다
마음껏 퍼 올려도 언제나 공짜다

밥 한 끼에 맺히는
소슬한 물방울

통 큰 사랑

연정에 겨운 산이 발치 아래 흐르는 처녀 강에게 오백 년도 더 된 활짝 꽃 핀 이팝나무 한 그루를 뿌리째 뽑아, 옛쑤! 사랑허우 하며 꽃다발을 건네자, 처녀 강이 샐쭉 눈 흘기며 그 꽃다발 받아 안아 햇볕 쟁알대는 강 물낯에 흔들샌들 비추어 보는, 그런 사랑 한번쯤 해봤으면 좋겠네

비

희끄무레한 새벽을 딛고 04시 30분에 네가 온다면 나는 04 : 00시에 일어
나 현관문을 살짝 열어놓겠어 바람처럼 뱀처럼 소리 없이 네가 스며들도록

네 차가운 몸을 맞이하기 위해 이부자리 속에서 나는 내 몸을 덥히겠어 네
몸이 내 안에서 홍시처럼 붉게 달아오른다면 화롯불 위 된장찌개처럼 보글
보글 끓을 수 있다면

그리하여 너와 내가 당겨진 활처럼 팽팽히 조여질 때 이제 곧 벼락이 치고
일진광풍이 일어 미루나무 이파리들이 미친 듯 환호작약할 때, 아 그때, 오
르가즘의 둑 와장창 터져 운우지정의 비 우루콸콸 쏟아지리니

하늘이 주신 물이라야…… 그저 하늘에서 오시는 물이라야……

타는 가뭄의 끝 소나기라도 한 줄금 쏟아졌으면 하던 비가 이틀하고도 한
나절이나 더 내려 논마다 붉은 물이 잘름잘름 고이었다

만남

새는 혼신의 힘으로 하늘에 구멍을 내며 날아간다
반딧불이는 제 몸보다 환한 불빛으로 어둠에 빛의 구멍을 뚫는다
만남과 만남의 한 줄기 인연은
하늘을 나는 새의 길만큼이나 좁다
태어난 순간부터 지금까지
너를 위해 달려온 나의 시간은
반딧불이 뚫어 놓은 어둠의 구멍보다 작고 아득하다
작고 아득하여 먼 길
오래도록 풀어져 나온 서로의 길 끝에서
우린 오늘도 불꽃이 튀듯 만나고
너는 너 만한 크기로 내 안을 지나갈 것이다
네가 끌고 온
네 생애만큼이나 길고 긴 구멍이 내 안에 뚫린다

제 2 부

사랑한다면

세 뼘 남짓한 스텐드 불빛 아래
늦도록 서로의 영혼을 경작하고
그리하여 만나라
일생토록 혼절할 듯 만나라
사랑한다면

사랑한다면

홀로 살아라
깊이로 살아라
가지 않은, 그러나 가야 할 길을
따복따복 혼자서 개체로 가라

그리하여 만나라
사랑의 통뿌리 외로움으로 만나라
졸아드는 간장 빛 그리움으로 만나라
따끈따끈한 바닷가 바위
섹스로 만나고
숫눈 내린 새벽 길 함께 걸으며 만나라

그리하여 만나라
사랑한다면
보랏빛 제비꽃 꽃잎 앞에서
쪼그려 앉아 만나고
초가을 햇살처럼 속살 파고들며 만나라

〉　　〈

사랑한다면
그물을 빠져 나가는 바람처럼
둑을 타고 넘는 물살처럼

세 뼘 남짓한 스탠드 불빛 아래
늦도록 서로의 영혼을 경작하고
그리하여 만나라
일생토록 혼절할 듯 만나라
사랑한다면

1 ____
2 ____
3 ____
4 ____
5 ____
6 ____
7 ____
8 ____
9 ____

고요한 말

툇마루에 떨어져 빙 – 빙 돌아가던 감청 빛 풍뎅이가
호박꽃 속 호박벌 닝 – 닝 날개 치던 소리가
좁은 고샅길 해사하니 피어나던 골단초꽃 향기가
저문 들녘 헤적이던 푸르스름한 연기가
내게 건넨 말을
그 고요한 말을

새는 죽으면 어디로 갈까
산마루 넘어 구름은 어디로 갈까
왜 고구마순은 자줏빛이고
가시 울 탱자는 노란색일까
의문이 건넨 말을
고요한 말을

글을 배우며 잃어버렸다
책을 읽으며 잃어버렸다
나이가 들어 도시를 떠돌며 어른이 되어 갔다

평생을 그렇게 살게 될 줄 알았다
아내에게 동료에게 내가 익힌 말을 지껄이며
학교에서 사무실에서
그렇게 살다 갈 줄 알았다

세상을 오래 멀리 걸으며
이윽고 잃었던 말들을 다시 만난다
산비알 하얗게 핀 눈물 젖은 들국화가
대밭에 모여 수런대는 바람이
내게 건네는 말을
그 고요한 말을

들음이 많을수록 말할 게 적다

1

2

3

4

5

6

7

8

9

10

11

12

13

나무를 심은 사람

고독 속으로 뒷걸음질 쳐 들어간 후
그는 스스로 황무지가 되었다, 이른 봄 나비조차
날지 않았다, 비와 햇빛 불모의 땅
그 누구의 것도 아닌 누구나의 땅에
도토리를 심었다
생명 있는 모든 것들 사라지고 없었다
아침에 그는
수직으로 물속을 걷는 사람처럼 집을 나섰다
정오에 그는 뙤약볕 아래 그림자가 짧았다
멀리서 보면 작은 나무둥치 같았다
그는 혼자 힘으로 집을 고쳤다
설거지를 해 물기를 깨끗이 닦았고
하루 한 번씩 산뜻하게 면도도 했다
때로 술에 취해 진흙처럼 무너지고 싶었지만
술잔을 받으면 조용히 상에 놓았다
다음 날도 그는 도토리를 심었다

누구의 것도 아닌 누구나의 땅에
하루에, 백 개씩, 삼년 동안, 십만 개를 심었다
그는 맹렬히 일하지 않았다 꾸준히
묵묵히 물속을 수직으로 걷는 사람이
물의 속살 헤쳐 나가듯
일했다 일상의 뒷면
고독 속에서
고독하게

지렁이

지렁이에게 흙은 밥

지렁이에게 흙은 집

지렁이에게 흙은 하 – 늘

지렁이에게 흙은 관棺

흰 머리칼

노년으로 가는 장거리 고독에
은어 떼로 몰리는 시간의 빛

1 ____

2 ____

가을의 독毒

독침을 품고 가을이 왔다. 놈은 은행나무 잎새에 비친 햇살처럼 투명하다. 어떻게 왔는지 나는 모른다. 다갈색으로 말라가는 나뭇잎에 숨어 왔는지, 쇠리쇠리 얇아가는 가을 햇살에 묻어 왔는지 모른다. 어느 날 문득 '아 가을!' 하고 탄식하는 순간, 가을은 독침을 품고 내게로 왔다.

독침에 찔린 내가 수척해진다. 고래의 뱃속에 삼켜진 요나처럼 동굴 속으로 미끄러진다. 알 수 없는 마성魔性의 힘이 나를 이끈다. 나무 위 벌레를 땅속으로 기어들게 하는 힘.

동굴. 그곳에서 나는 외부 세계의 적대성을 피하고 쉰다. 은밀히 자연으로 돌아가려는 본성을 받아들인다. 어머니 뱃속 태아처럼 몸이 나른해진다. 반쯤 눈을 감고 내부를 응시한다. 낮은 짧고 밤이 길어진다.

상처 입은 짐승처럼 나는 누워 있다. 반쯤 눈을 감고 태아 적 꿈을 꾼다. 해독제는 없다. 가을의 독에서 깨어나기까지 나는 나의 독을 견뎌야 한다.

1

2

3

4

5

6

7

8

9

10

11

12

13

14

15

16

17

18

흰 눈이 내려 쌓인 그 나라는

흰 눈이 내려 쌓인 그 나라는

하얀 점박이 같은 함박눈이

밤 새

저렇듯 댓잎 젖는 소리로

내려 쌓여

지붕에 담장에 나뭇가지에

수북이—,

층층이 두께를 이룬

그 나라는

깜깜할까

환할까

아침이면 저절로 불이 켜지는

하얀 등불 있을까

사중주

바람에 실려 가리

그러다 점이 되리

그러다 무無가 되리

바람마저 없으리

왕비 어금니

마음이 숯검뎅 같이 암흑이거나
불이 나 그을음이라도 자욱 끼게 되면
막돼먹은 세상 종주먹질에 욕이라도 해주고 싶지만
그럴 때마다 조용히 외진 곳에 나와
공주 박물관에서 보았던 왕비 어금니를 생각한다
그러면 들쑥날쑥 날 선 마음이 조금은 가지런해진다
산머리에 걸린 노을처럼 고요해지고
갈앉은 꽃봉오리처럼 담담해진다
오랜 세월 견뎌 오늘에 이른
옥수수 알갱이만한 왕비 어금니
투정에 흘기눈에 매끄러운 옷을 입고 쌀밥을 먹고 금 베개에 낮잠을 잤을
그러나 세월이 쓸어간 것들
천 년 해가 가는 동안
바람의 늙은 손이 쓸어간 것들
그러고 보면 나의 암울도 소원의 괴로움도 불내 나는 마음도 푸스스 묽어진다
그런 뒤에 찾아드는 스스로에 대한 슬픔

사십 세

옥수수 대처럼 자라나는 아이들 보며
허리가 점점 굵어지는 사이
새치가 늘고
희망과 꿈이 단조로워지는 사이
어느 덧 사십 세
문턱에 선다
생의 칠부능선
젊다고 하기엔 가을 해변처럼 늦고
늦었다고 하기엔 오후 세 시처럼 이르다

가을

왜 벌레들은 땅 속으로 기어드는가
왜 마른 나뭇잎은 흙에 닿아 썩는가
왜 햇살은 쇠리쇠리 엷어지는가
새는 날아가 어디에서 죽는가
왜 산포도는 까맣게 익고 단풍나무는 붉게 물드는가
감청 빛 갑옷을 입은 풍뎅이는
한여름 말벌은 어디로 갔는가
그들이 사라진 자리엔 무엇이 머무는가
어떻게 나무 기둥은 나이테를 늘리는가
왜 별들은 울먹이고
하늘의 수심水深은 저리 깊은가
가을 강은 돌아 어디로 흐르는가
왜 검불을 태우는 들녘의 연기가 마음 끝을 헤적이는가
마른 나무 뿌리 같은 어머니가 보고 싶은가
사루비아는 왜 붉고
들국화는 눈물 젖은 속눈썹으로 피어 있는가

…

…

사람의 말을 앞질러
가을은 스스로의 비밀스런 그물을 짜고

바퀴처럼
삐걱이며 구르는 수레바퀴처럼
바퀴의 중심처럼
고요해지는

나

1

2

3

4

5

6

7

8

9

10

백제시편 2
- 성터

아마득한 것이 흘러갔나 봅니다. 수수밭을 흔들며 다홍빛 감잎을 떨구며
돌 틈을 흐르는 시냇물보다 바삐, 바람으로 햇빛으로 맑고 찬 가을 기운으로

그러니 마음인들 언제 적 마음이겠습니까. 허공에 휘우듬히 뻗은 난초 잎
처럼 오래도록
　이승에 걸어두고 싶던 그때 그 옛사람의 마음인들

뼈는 바람에 실리어가고 흔적만 남은 자리. 쑥대를 안고 잠자리 조을고,
따순 볕만 쟁알쟁알, 대낮에도 풀여치 울음이 빈 그물로 땅에 나립니다

투명

그곳엔 바람이 살데
바람이 울리는 풍경소리가 살데

그곳엔 산수유나무가 살데
붉은 열매 톡 톡 쪼는 동박새가 살데

고요가 살데
종소리 여운 번지다 번지다 가라앉은 자리
빗방울처럼 고인 고요가 살데

가을엔
산절에 가고픈 마음

쇠리쇠리 얇아져
투명해지고 싶은 마음

댕댕댕 담쟁이가 살데
담쟁이 넝쿨의 담홍빛이 살데

절명絶命

외로워
저렇게
절명할 수도 있구나

전선줄 위
죽죽 내리는 장대비 왼종일 맞고 있는 새

고개도 돌리지 않고 날개도 퍼덕이지 않고 울지도 않고
등을 돌리고 앉았는 새

눈물,
덩어리의 새

날개 죽지도 다리도 몸속의 피도 새카맣게 굳어
어느 순간 툭,
떨어져 버린 새

제 3 부

오래된 시간

종재기 들지름불이 자울자울 조을던 때가 있었다
왼종일 걸려 시오리 장길을 오가던 때가 있었다

삽상한 문창호지
아버진 식전 내 낫을 갈고
한철 내 보리를 베셨다

솔가지 불에 미꾸라지 구워먹느라 한나절이 가고
맷방석 짜고 도구통 깎느라 한 달을 넘었다

그리 더디 가도
암소의 마음으로 느릿느릿 청처짐히 가도
볏짚같이 가늘은 사람들
생은 이어졌다 이즈러짐 없었다

바로 얼마 전,
허나 벌써
오래된 시간

그방

나를 네 위에 올려놓고,

그렇게 갈렸겠다고

쓸쓸하게 웃으신다

그 방

낮은 천장엔 얼룩얼룩한 쥐 오줌 자국이 있었다
빛바랜 벽지엔 댓이파리 같은 빈대의 핏자국도 있었다
아침이면 밥 짓는 고신내가 문틈으로 기어올라 스며들던 곳
살뜰한 볕이 숭늉 빛 문창호질 간질이기도 하던 곳
그곳에서 어머니는 내가 갓난쟁이였을 때 오줌 싸고 구들장이 싸아하니
식어 응애응애 울면
나를 배 위에 올려놓고, 그렇게 길렀다고 쓸쓸하게 웃으신다

작은 나라

요강도 오줌장군도 무명이불도
까마중도 개똥참외도 겉보리 밀댓집도

지닢국도 황새낫도 어렝이 간드렛불도
골단초꽃 새우젓독도

모과 빛 불빛
다듬잇소리

왈칵 등잔 엎질러 나던 석유 내음도

삼동^{三冬}

윗방 문지방머리
골파는 춥다

한 발 가웃 눈발 속
지내는 삼동^{三冬}

자고 나면 쪽제비 발자국이
닭장 둘레를 맴돌았다

1 ____

2 ____

3 ____

4 ____

5 ____

6 ____

7 ____

8 ____

쟀간

들어서면 서늘하니 어두컴컴하니 탑탑만 한 쟀간
한뼈쪽엔 싸리비 몽당구신이 팔짱 끼고 앉았다

민요의 발전

밭일 하면서
어머닌 이런 노래 즐겨 불렀네

"저 건너 저 새악시 궁뎅이 보소
요리 씰룩 조리 씰룩 멋들어진다"

어디서 배웠느냐면
배우긴 워서 배운다니
긴긴 해에 일허다 보믄
아주아주 멀자 날 때가 있어
그런 때 제절로 흥얼거려지는 거지

어머니 노쇠하여
밭에 가지 않고
쌀밥처럼 윤기 나던 노랫말
바람의 등을 타고 넘던 노랫가락
CD에 담겼네

제 4 부

너를 빈다, 통일의 알갱이로
우뚝 우뚝 커가는
건강하고 옹골찬 너희 어깨를

너희들에게

싹수 있는 놈은 아닐지라도
공부 잘하고 말 잘 듣는 모범생은 아닐지라도
나는 너희들에게 희망을 갖는다
오토바이 훔치다 들켰다는 녀석
오락실 변소에서 담배 피우다 걸렸다는 녀석
술집에서 싸움박질 하다 끌려왔다는 녀석
모두 모두가 더없는 밀알이다
공부 잘해 대학 가고 졸업하면 펜대 굴려
이 나라 이 강산 좀먹어 가는
관료 후보생보다
농사꾼이 될지 운전수가 될지
공사판 벽돌 나르는 노동자가 될지
모르는 너희들에게 희망을 갖는다
이 시대를 지탱해 가는 모든 힘들이
버려진 사람들 그 굵은 팔뚝에서 나오는 것이기에
나는 너희들을 믿는다

공무원 관리는 되지 못해도
어버이 기대엔 미치지 못해도
동강난 강산 하나로 이을 힘이 바로 너희들
두 다리 가슴마다 들어 있기에
나는 믿는다, 통일의 알갱이로 우뚝우뚝 커가는
건강하고 옹골찬 너희 어깨를

1 ____

2 ____

3 ____

4 ____

5 ____

6 ____

어떤 아이

비 오는 날
두 시간 넘게 걸어왔다 한다
길 끊겨 차도 닿지 않고
바람 불어 우산도 소용없는 날
온몸 젖은 채 교실 문 열고
들어선 아이
아무도 미워하지 않는 자의 죽음을 읽고
올바르게 사는 것이 무엇인지 알겠다던
자그만 아이
중학 1년생

칠판

칠판처럼 마음이 암녹색일 때가 있다
칠판처럼 묵묵히 외로움일 때가 있다
한마디 말 화살처럼
아이의 가슴에 금빛으로 떨어진다
분필가루처럼 날리는 말의 껍질이 싫어
서둘러 그 앞을 떠나고 싶을 때가 있다
그 앞에 다시 서기 위해
십 년을 고스란히 싸운 날이 있다

1

2

3

4

5

6

7

8

9

10

11

12

13

14

15

16

17

18

아름다운 시절

혼자 잘 먹고 잘 살기 위해
아득바득 공부하는 세상에

'공부해서 남 주자'는
아름다운 말이 급훈으로 내걸려
아이들이 열심히 공부하던

영화 속 고요한 한 장면 같던
아름다운 시절이 있더랬지요

공부해서 남 주자!

둥근 원의 길

일제히 아이들 시선 복도 쪽으로 쏠렸다
순간 한 아이 얼굴에 봉숭아 꽃물 들었다
부끄럼과 두근댐 은근한 설렘으로
붉디붉게 달아올라 발그스름한

나가보니 사내 하나 오종종히 서 있다, 작달막한 키
허름한 눈, 손에 망치와 시계 들었다
몇 마디 입술 달막대는데 겨우 알아들었다
그 반에 시계 없어 시계 걸어주러 오셨다

그가 조심조심 책상에 올라 쾅쾅 시계를 걸었다
돌아가는 그에게 박수갈채 보냈다
아이에게 들려 보냈어도 될 일을
일부러 운동화 신고 장갑 끼고
버스 타고 오시었다

〉　　〈

고 햇미나리 같은 마음 씀씀이에
굳은 하루의 길이 풀린다
반짝이는 물비늘 같은
아름다움 물고
시계가 둥근 원의 길을 가기 시작했다

한 사람

1

종이 나면 일제히 교실에 들어가고
종이 나면 일제히 교실에서 쏟아져 나오는
수백만의,
한 사람

2

한 무리 사람들이 어디론가 달려간다
헛둘 헛둘 구령에 맞춰
달려가는 사람들 대열에서
한 사람 옆으로 비켜 나온다
그가 멀어져 가는 대열 끝을 본다
그가 새 깃발을 펼쳐든다

엄마

초딩 땐
엄마가 없으면 불안했는데
중딩이 된 후
엄마가 옆에
있으면 불안하다

1 ____

2 ____

3 ____

4 ____

5 ____

자물쇠가 철컥 열리는 순간

그러니 기다려 주세요
너무 재촉하지 말아 주세요
가을에 심은 나무는
봄이 되어야 꽃 피울 수 있잖아요

자물쇠가 철컥 열리는 순간

자물쇠가 철컥 열리는 순간 같은
그런 때가 있어요
그러니 기다려 주세요

처음 자전거를 배울 때
수십 번 넘어지고 일어나 다시 타도
또 넘어질 때
그러다 어느 순간
나도 모르게 두 바퀴로 세상을 씽씽 달릴 때처럼
자물쇠가 철컥 열리는
순간이 있답니다

수영을 배울 때도
공부할 때도
바이올린을 켜거나
탁구를 칠 때도

아무리 아등바등해도 넘지 못하던 벽을
어느 순간 훌쩍 뛰어넘는
그런 때가 있답니다

그러니 기다려 주세요
너무 재촉하지 말아 주세요
가을에 심은 나무는
봄이 되어야 꽃 피울 수 있잖아요

1 ____

2 ____

3 ____

4 ____

5 ____

6 ____

7 ____

8 ____

어른이 되면

어른들 중에는
안 좋은 사람도 많지
술버릇이 나쁘거나
성질이 안 좋거나

나는 어른이 되면
이런 사람이 되고 싶어
함께 있으면 마음이 따뜻해지고
결점까지도 그대로 받아들여
가치 있고 소중한 사람으로 느껴지게 하는 사람

사랑받고 있다는 느낌을
강하게 주는 사람

그런 어른은 큰 나무 같을 거야
한여름 뙤약볕에 지친 생명을
보듬어 편안히 쉬게 해 주는

〉　　〈
그런 어른은 큰 바위 같을 거야
작은 풀들이 옹기종기 모여
풀꽃 나라 이루는

집

집에
아이들이
없다, 엄마가
없다, 아빠가
없다, 집은
너무 외로워
나가버렸다

고요의 힘

일촉즉발 붙기 전 두 녀석이 나에게 걸렸다. 한 놈은 벌써 눈텡이가 밤텡이다. 도서실에 불러 앉혔는데도 치켜 뜬 눈이 황소 눈이다. 제 분 못 이겨 부르르 몸을 떤다. 이마가 깨져도 끄떡 않을 놈들이다. 악써대는 고함에 도서실 고요가 유리잔처럼 부서진다.

사과할래, 안 합니다, 그럼 한 번 쳐야겠어, 네, 너도, 네, 좋아, 치고 싶다면 쳐야지, 나도 열 받는다, 막무가내 앞에서 나도 그냥 막무가내 되고 싶다.

그러다 문득, 우리 5분만 가만있자, 그런 다음 치기로 하자, 멀뚱히 떨어져 앉아 삼·백·초를 견딘다. 운동장 나뭇가지에 새 한 마리 날아와 앉는다. 은행잎 호로로 진다. 늦가을 한 토막 서둘러 간다.

갈밭에 눈 내리듯 분노 잦아든다. 고요의 손길이 터진 제 몸을 한 땀 한 땀 깁는다. 씩씩거림 흥분이 고요 속으로 기어든다. 강둑 물안개 퍼지듯 고요, 고요히 제 자리 찾아 앉는다.

얼핏 신성神性이 지나가는 걸 보았다.

나는 소가 슬프다
나는 돼지가 슬프다
온몸이 가죽 한 장으로 덮여 있어 슬프다
가죽 한 장의 온몸이 통째로 땅에 묻혀 슬프다

거대한 입

나는 소가 슬프다
나는 돼지가 슬프다
온몸이 가죽 한 장으로 덮여 있어 슬프다
가죽 한 장의 온몸이 통째로 땅에 묻혀 슬프다
아무 말도 못하고 눈물만 흘려 슬프다
눈물도 없이 꽥 꽤액 비명만 질러 대어 슬프다
새끼가 있어 슬프다
어미가 새끼에게 젖을 물려 슬프다
소주잔만 한 눈망울이 슬프다
땅만 굽어보는 둥근 눈이 슬프다
발굽이 두 개인 것이 슬프다
인공수정 하는 주사기가 슬프다
밤새도록 켜 있는 축사 불빛이 슬프다
구유 옆 날리는 몇 송이 눈이 슬프다
문을 열면 곧바로 죽음인 것을
칠성판으로 깔리는 구덩이 속 비닐이 슬프다

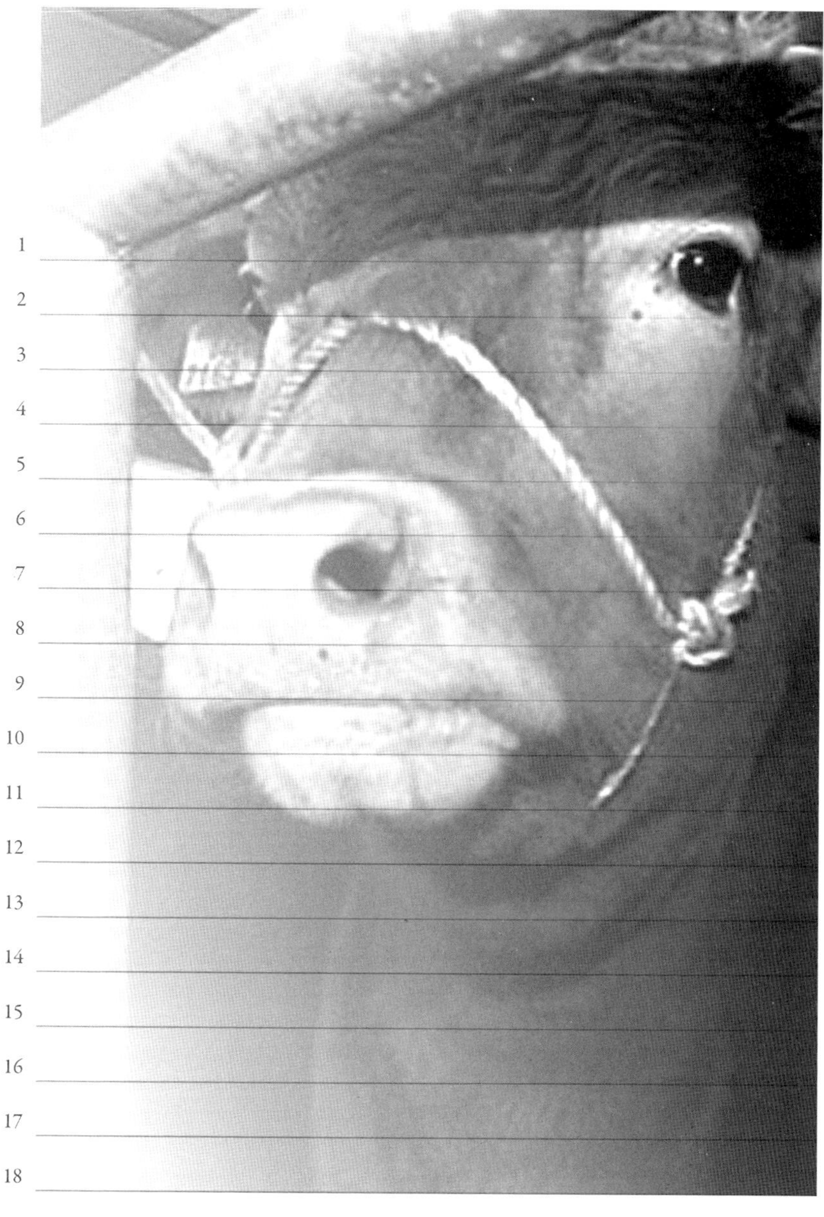

이 겨울, 유난히 추운 것이
추위 속 처연히 뭉개지는 생명이
아니다 아니다
사육장에 가둬 놓고 사료 퍼 주면서
칠팔월 싱싱한 풀밭에 제초제 뿌려 대는
인간이 슬프다
아귀아귀 먹어 대는
거대한 입이 슬프다

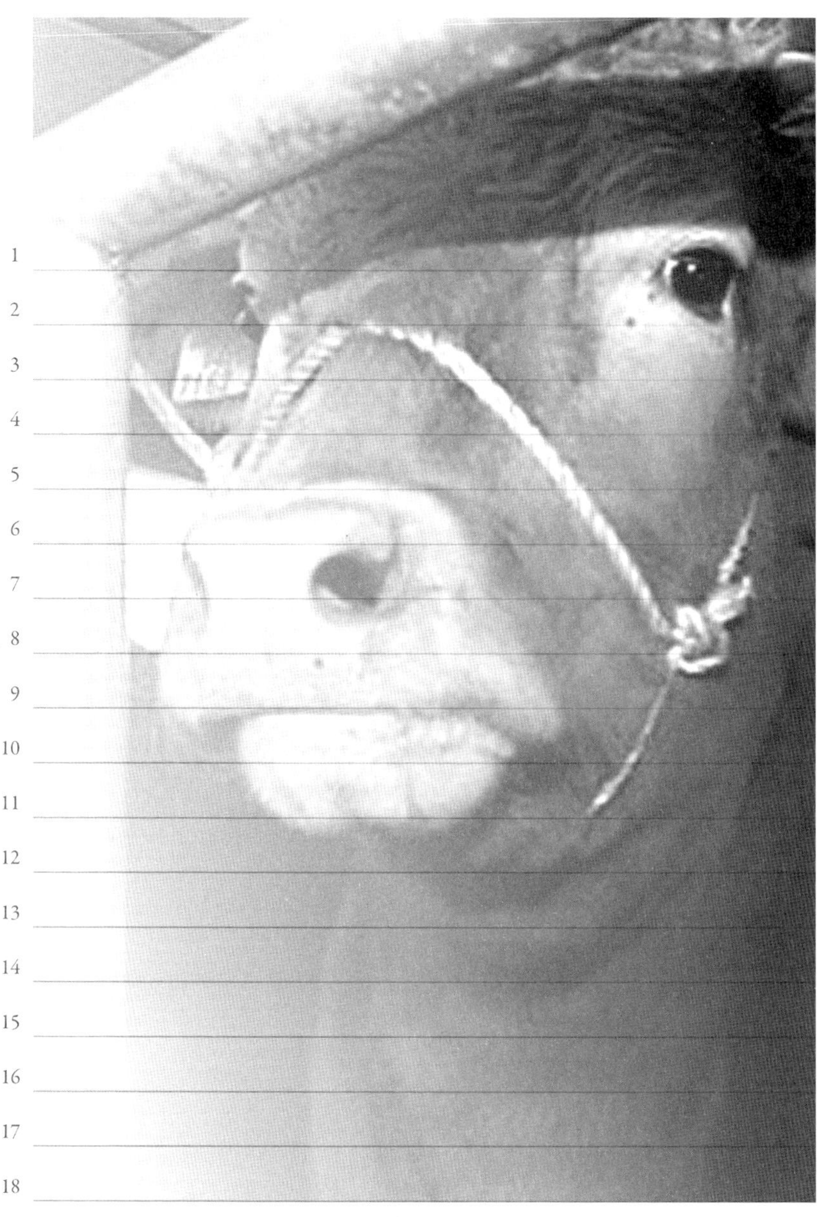

갑과 을

새끼 날 때가 되었는데도 갑은
을의 고삐를 낚아챘다
비탈길 수레를 끌던 을
헉헉거렸다
달님이 산등성이에 파랗게 질려 있었다
을의 꼬리 밑 엉덩이에
반쯤 나온 새끼가 거꾸로 매달려
덜렁대고 있었다

갑과 을이 사람인가요
아뇨
짐승인가요
예
사람 같은데
짐승이에요
을은 몰라도 갑은 분명 사람인데

짐승이에요
을도 잘 보면 사람 같고
짐승이라니까요
아니, 갑과 을이 계약 당사자 아니오
맞아요
그럼 사람이죠
짐승이라니깐요

1 ____

2 ____

3 ____

4 ____

5 ____

6 ____

7 ____

나는 1985년 8월 『민중교육』지를 통해 작품 활동을 시작했다. 그 책에 시 「너희들에게」 외 몇 편을 실었는데, 그 일이 당시 제5공화국의 용공조작 사건으로 이어져 학교에서 파면되고, KBS 저녁 9시 뉴스에 내 시가 붉은 사인펜으로 밑줄이 그어져 소개되는 등, 상처뿐인 영광을 안고 등단했다.

그 후 32년이 지났다. 29살이던 나는 60줄에 앉았다. 1988년 첫 시집 『교사일기』를 출간한 이후 지금까지 12권 시집을 냈다.(이 가운데 장시長詩집, 청소년시집, 여행시화집이 한 권씩 있다.)

올해는 민족시인 윤동주 탄생 100주년이 되는 해이다. 출판사 관계자와 이야기하던 중, 윤동주 캘리 필사 시집을 내면 어떻겠냐는 말이 나왔고, 그 계제에 내 시선집도 같이 해 보자는 말이 나왔다. 윤동주 가는 길에 나도 붙어 가는 셈이니, 말꼬리에 붙은 파리가 천 리를 간다는 말이 이 책에 어울린다 하겠다.

시선집으로는 처음인 이 책에 수록된 시를 선정하는 데 특별한 기준은 두지 않았고, '재미삼아' 인터넷에 올라 있는 시로 하면 어떨까 싶었다. 우리 동네에 빵집이 하나 있는데 지난해부터 단골로 그곳에 갔다. 하루 일과를 마치고 산책 겸 기분전환 겸, 특히 한여름에 빵빵하게 틀어놓은 에어컨 바람 쐬러 거기 갔는데, 거기서 커피 한 잔 시켜놓고 한두 시간 멍~ 때리기. 그때 휴대폰으로 인터넷 블로그나 카페에 내 시 가운데 두 번 이상 올라 있는 게 뭐가 있나 찾아보았더니 59편. 그 가운데 긴 시는 빼고 47편을 이 선집에 실었다. 그러니 나의 뜻보다는 불특정다수의 선호가 여기 실린 시들을 살려낸 셈이다.

　시를 읽으며 그동안 내가 관심을 두었던 시의 영역이 대략 세 가지 정도임을 느낀다. 농경문화에 바탕을 둔 농촌생활정서, 교육현실과 민주화 투쟁, 인간 본성 탐구. 몸담고 살아온 곳에서 시가 씌어졌고, 민중적 세계관에 기초한 고뇌와 인간 본성 탐구가 시어詩語에 대한 살뜰한 관심 속에 씌어졌음을 느낀다.

　오랫동안 시의 길을 걷게 해 준 많은 분들께 고맙고 감사하다.
그리고 다시,
밤을 횡단하여
고독하고 불안한 영혼에 가 닿는 시를 쓰기 위하여.

2017년 12월

조재도

■■■ 수록 시 출처

제1시집   『교사일기』(1988. 7 실천문학사)
           너희들에게, 어떤 아이

제2시집   『침묵의 바다 파도가 되어』(1990. 6 푸른나무)
           (전교조 결성과정을 형상화 한 장시)

제3시집   『쉴 참에 담배 한 대』(1992. 12 실천문학사)
           ·

제4시집   『사십 세』(1995. 11 내일을 여는 책)
           아름다운 사람, 사십 세, 가을

제5시집   『그 나라』(1999. 1 세계사)
           무늬, 고요한 말, 잿간, 오래된 시간, 작은 나라, 그 방, 삼동三冬

제6시집   『백제시편』(2004. 5 실천문학사)
           어머니의 부엌, 백제시편 2

제7시집   『좋은 날에 우는 사람』(2007. 9 애지)
           좋은 날에 우는 사람, 칠판, 유물론, 고요의 힘, 집, 11월의 단풍
           나무, 나무를 심은 사람, 민요의 발전, 둥근 원의 길

제8시집   『사랑한다면』(2012. 1 작은숲)
              사랑한다면, 가을의 독毒, 통 큰 사랑, 수직, 거대한 입, 흰 머리
              칼, 만남

제9시집   『공묵의 처』(2014. 11 작은숲)
              꽃자리, 여름, 화창한 날, 흰 눈이 내려쌓인 그 나라는, 지렁이,
              투명, 절명絶命, 높이뛰기 선수들, 밥 한 끼

제10시집   『소금 울음』(2016. 3 실천문학사)
              갑과 을, 비, 한 사람

고비사막 여행 시화집   『당신 가슴에 바람이 분다』(2016. 5 작은 숲)
                     사중주

청소년 시집 『자물쇠가 철컥 열리는 순간』(2015. 9 창비교육)
          엄마, 자물쇠가 철컥 열리는 순간, 어른이 되면

하루한번찬물에두손을씻고시를베껴씁니다.

———————